ARREST DE LA COVR DE PARLEMENT,

Portant defenses d'executer les condemnez à mort, ailleurs qu'és Places
publiques. A v e c injonction à tous
Filloux, Soldats & gens fans adueu, de
vuider de la Ville de Paris dans vingt-
quatre heures, fur peine des Galeres.
E t que les Arrefts donnez contre les
Pages & Laquais feront executez.

A PARIS,
Par ANTOINE ESTIENE, P. MET-
TAYER & C. PREVOST, Impri-
meurs ordinaires du Roy.

M. DC. XXXIII.
Auec Priuilege de fa Majefté.

EXTRAICT DES
Regiſtres de Parlement.

CE iour le Lieute-nant Criminel man-dé, Monſieur le pre-mier Preſident luy a dit, que la Cour a eu aduis que contre les formes il a changé le lieu de l'executiõ d'vn Page condemné à mort, & l'a fait executer de nuiɛt & dans le Chaſtelet, pour-autant que les executions ſe doiuẽt faire tant pour la punition du coulpable, que pour ſeruir

d'exemple au public. Ledit
Lieutenant Criminel a dit,
Qu'il auoit mandé tous les
Officiers pour l'assister à ladite execution, que n'y estās
venus, & voyāt qu'il y auoit
grand nombre de Pages,
Laquais & autres assemblez
pour recoure le condemné,
il auroit esté contraint d'en
vser ainsi. Bignon pour le
Procureur general du Roy,
a requis que defenses soient
faites tant audit Lieutenant
Criminel que tous autres
Iuges, faire faire pareilles e-
xecutions ailleurs qu'és pla-

ces publiques, sans Lettres
Patentes du Roy. Enjoint
au Lieutenant Criminel de
Robe-courte , Preuost de
l'Isle & Cheualier du Guet,
d'assister le Lieutenant Criminel aux executions. La
matiere mise en delibera-
tion : LADITE COVR
a fait inhibitions & defenses
audit Lieutenant Criminel
faire faire les executiõs des
condemnez à mort ailleurs
qu'és places publiques, Ordonne qu'à la requeste du
Substitut du Procureur general du Roy, il sera infor-

mé contre ceux qui estoient assemblez pour empescher ladite execution , & par le Lieutenant Criminel leur procés fait & parfait, Et que les procés verbaux faits par ledit Lieutenant Criminel sur ce sujet, seront mis és mains du Procureur Gene-ral du Roy , pour faire rap-port au Roy de ce qui s'est passé lors de ladite execu-tion, afin qu'il plaise audit Seigneur Roy d'y pouruoir, & que la Iustice soit renduë à ses Subjets en toute liber-té. Que le Lieutenant Cri-

minel de Robe-courte, Pre-
uoſt de l'Iſle & le Cheualier
du Guet ſerõt mandez pour
eſtre oüys. Enjoint à tous
Filloux , Soldats & autres
gens ſans adueu, de vuider
de cette Ville dans vingt-
quatre heures, à peine des
Galeres. Ordonne en outre,
Que les Arreſts dõnez contre les Pages, Laquais & autres portans eſpées, piſtolets
& baſtons, ſeront executez
ſelon leur forme & teneur,
Et pour cét effect, qu'ils ſeront de nouueau leus & pu-
bliez, & affichez par les car-

refours, à ce qu'aucun n'en pretende cauſe d'ignorâce. Faict en Parlement le dix-neufiéme Ianuier 1633.
Signé, DV TILLET.

L'Arreſt cy deſſus a eſté par moy Iuré Crieur ordinaire du Roy ſous ſigné, leu, publié à ſon de trompe & cry public, és carrefours ordinaires de cette ville de Paris & lieux accouſtumez, à ce que du contenu nul n'en pretende cauſe d'ignorance, le vingt deuxiéme iour de Ianuier mil ſix cens trente-trois, Et à faire ladite publication eſtois accompagné de Mathurin Noyret Iuré Trompette, & de deux autres Trompettes. Signé, LE DVC.